Merci à Anaïs pour sa patience… et sa boussole!

Jean et Matthieu

© 2015, l'école des loisirs, Paris
Loi numéro 49 956 du 16 juillet 1949 sur les publications
destinées à la jeunesse: avril 2015
Dépôt légal: avril 2015
Imprimé en France par GCI à Chambray-lès-Tours
ISBN 978-2-211-22049-1

Le pirate et le roi

Une histoire de Jean Leroy
illustrée par Matthieu Maudet

l'école des loisirs
11, rue de Sèvres, Paris 6e

Le bateau du roi Jehan Ier naviguait sur l'océan.
Quand une tempête éclata.

Le vent déchira les voiles. Les vagues brisèrent la coque.
Et le navire sombra.

Le roi Jehan Ier fut le seul rescapé du naufrage.
Il dériva longtemps…

avant d'atteindre enfin la terre ferme.

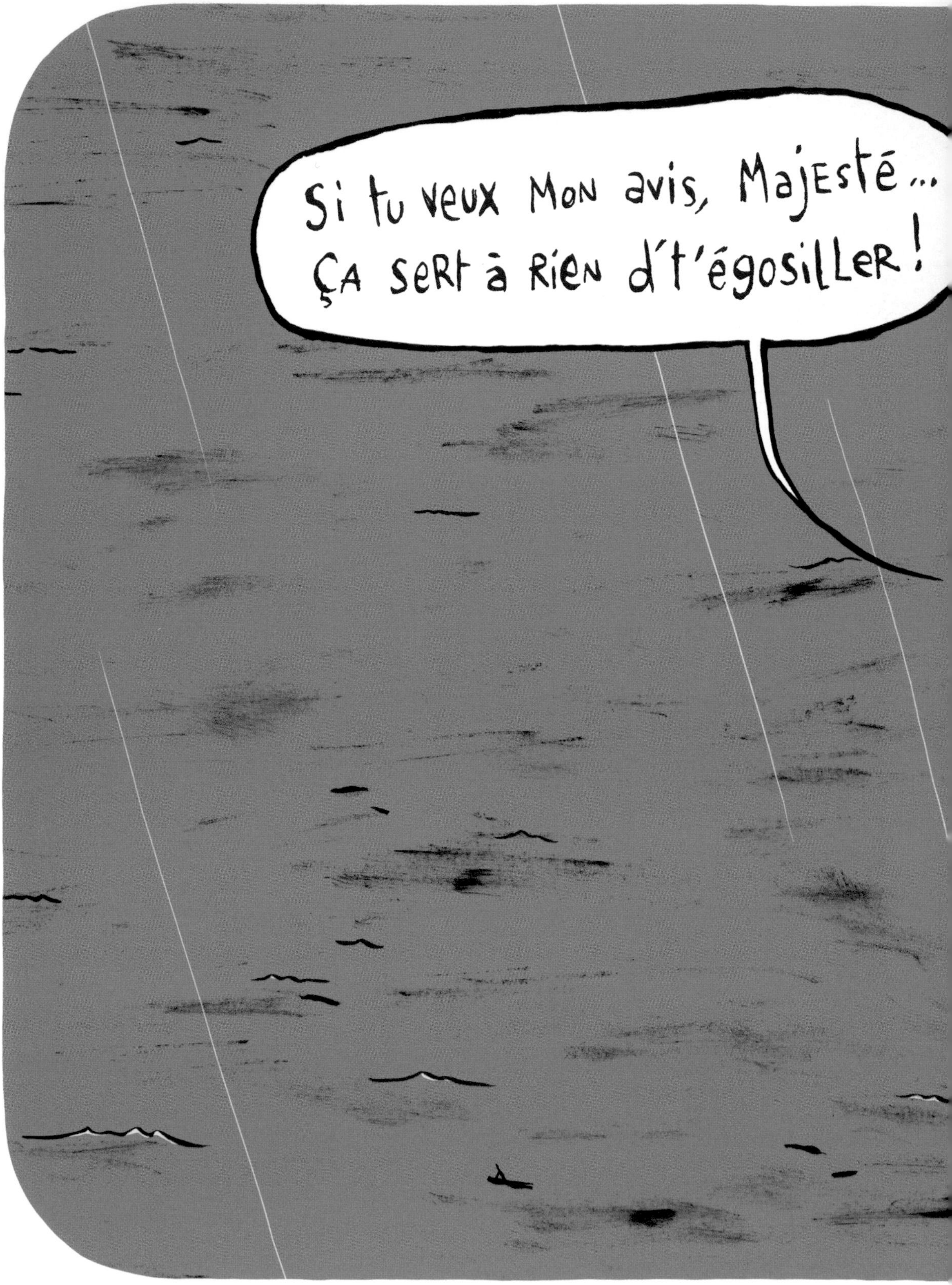
Si tu veux mon avis, Majesté… Ça sert à rien d't'égosiller !

Jehan Ier n'aurait jamais dû parler avec un vulgaire pirate.
Mais sur une île déserte, comment faire autrement?

Au petit matin, Jehan Ier, qui n'avait pas fermé l'œil de la nuit, entendit Matt le Maudit sortir de son abri.

Un,
deux,
tr...

Mais le roi ne se découragea pas.

Jehan Ier apprit donc à pêcher, mais aussi à faire du feu…

et même, à construire un abri.

Une année entière passa. Malgré leurs différences,
Matt le pirate et le roi Jehan ne cessèrent de se rapprocher.

Ils finirent par se ressembler comme deux frères ;
deux frères que seule une couronne séparait.

Un matin, tandis que le roi s'occupait du petit déjeuner…

Le pirate avait reconnu l'emblème de la marine royale.
Dans moins d'une heure, il serait fait prisonnier.

Redescendu au campement,
Jehan Ier voulut consoler son compagnon.

Matt, mon ami,
c'en est fini de votre vie de pirate !

Car moi, Jehan Ier, j'ai décidé...
de vous accorder ma grâce !

J'expliquerai à mes soldats que je vous ai contraint à vous rendre.

Peut-être pourrais-je même vous trouver un poste de matelot à bord de l'un de mes bateaux ?

Lorsqu'ils aperçurent la couronne, les marins comprirent qu'ils avaient retrouvé leur souverain.

Quand il reprit connaissance, Jehan Ier
comprit que son ami lui avait volé sa place.

Il pesta, fulmina, jura…

jusqu'à ce qu'il découvre le cadeau de Matt le Maudit.

Merci de m'avoir laissé cette barque, vieux pirate !
Même si, en principe…
les rois ne rament pas !